AF396067

Michel de Cubières Palmézeaux (quénard)

ÉPÎTRE

AUX

MÂNES DE DORVIGNI,

OU

L'APOLOGIE DES BUVEURS,

PAR

Un Auteur du Boulevard du Temple, Président de la Société Littéraire du Pré St.-Gervais, Membre de l'Athénée de Mont-Martre, de Ménil-Montant, etc., Membre correspondant de ceux de Gonesse, d'Aubervilliers, et Secrétaire perpétuel de l'Académie de la Courtille.

Res est sacra miser.

A PARIS,

Chez NICOLAS-VAUCLUSE, Imprimeur-Libraire, rue Neuve-Saint-Augustin, n°. 5.

1813.

PRÉFACE.

Dorvigni est mort au commencement de l'année 1812, à l'âge d'environ 78 ans. Outre une centaine de pièces jouées en société ou au boulevard, Dorvigni a donné au Théâtre Français les *Nôces Hussardes*, comédie en 4 actes en prose ; les *Dédits*, comédie en un acte, et en prose, et *les Etrennes de l'Amitié, de l'Amour et de la Nature*, en 1 acte et en vers.

Il a donné au Théâtre, alors dit Italien, *Roger Bontemps et Javotte*. parodie de l'Orphée de Gluck et Moline, *la Fête de Village*, comédie en 2 actes, mêlée d'ariettes ; *la Rage d'amour*, parodie de Roland, en un acte et en vers ; *la Comédie à l'impromptu* ou *les Dupes*, comédie en un acte, etc., etc., etc. A quoi il convient d'ajouter *les Tu et les Toi*, qui a obtenu un succès prodigieux au Théâtre établi autrefois dans la Cité, et différentes autres facéties aux spectacles de Brunet-Montansier et de l'Ambigu – Comique. Ces différens ouvrages ayant tous été représentés avec un succès satisfaisant pour l'amour-propre et les prétentions de l'Auteur qui n'en avoit aucune, (Dorvigni fut encore auteur de plusieurs Romans agréables et estimés) qu'on juge de mon étonnement et de mon indignation, lorsque j'ai vu Dorvigni grossièrement insulté par les Journalistes cinq ou six mois après sa mort ! Lorsqu'ils ont dépeint Dorvigni comme un parasite, un libertin et un ivrogne, comme un homme enfin très-peu respectable sous tous les rapports sociaux et littéraires ! A-t-on jamais vu, depuis que la France existe, traiter avec cette indécence et cette barbarie la cendre encore fumante d'un homme honnête et d'un auteur dramatique fort distingué de son temps.

Ce procédé, au surplus, ne doit pas étonner, venant de la part de Messieurs les Journalistes, et je ne finirois pas si je voulois raconter toutes leurs inepties. Rétif-la-Bretonne étoit un homme de génie : ses nombreux ouvrages le prouvent, et tout le monde le sait. Rétif-la-Bretonne meurt, et ces messieurs le traitent comme ils ont traité Dorvigni. Un ami de Rétif-la-Bretonne, un homme-de-lettres fort obscur à la vérité, mais un fort honnête homme, prend hautement sa défense, il fait imprimer un volume en faveur de ce grand homme, et il est traité comme Dorvigni et Rétif-la-Bretonne. Que ces messieurs insultent les vivans, à la bonne heure ; les vivans peuvent se défendre. Plus d'un collaborateur du Journal de l'Empire en a senti la preuve douloureusement. Mais insulter les gens après qu'ils ne sont plus ! Quel nom donner à cette conduite infame !

Ces Messieurs n'ont donc pas lu Horace, Virgile, Ovide et tant d'autres poëtes anciens qu'ils citent à chaque instant, et qui recommandent avec tant d'énergie le respect pour les morts !

Quoi qu'il en soit, ou plutôt quelque soit le rang qu'ait occupé Dorvigni, vivant ainsi que lui dans une société paisible et sous un Gouvernement paternel, le desir de venger un ancien ami, qui n'est plus, de l'injustice des prétendus dispensateurs de la renommée, m'a seul dicté ce foible opuscule. Ce que je n'ai pu dire dans cette préface, je le développerai dans mes notes : car je ne veux pas qu'on puisse m'attribuer le vers de La Harpe à Dorat :

Que ses petits écrits ont de longues préfaces.

Messieurs les Journalistes ne signent leurs noms que par une lettre de l'alphabet. Je suis plus grand, plus généreux, plus véridique, et je signe en toutes lettres.

ALIBORON, fils, de l'Athénée de Montmartre.

Paris, 19 décembre 1812

P. S. J'ai signé *Aliboron*, fils, parce que le grand Buffon a fait le plus grand éloge de mon père, et quoique je sois d'un très-grand nombre d'Académies, j'ai choisi de préférence l'Athénée de Montmartre, parce que mes chers confrères de cet Athénée vivent de peu, travaillent beaucoup et ne disent de mal de personne, parce qu'enfin ils valent mieux que M. le comte Alpha, que M. le baron Oméga et que plusieurs autres seigneurs suzerains de l'Empire alphabétique du Journalisme.

ÉPÎTRE

AUX

MÂNES DE DORVIGNI.

Du célèbre Vadé moderne imitateur,
Et des lois de Bacchus fidèle observateur,
Toi dont la muse vive, aimable, originale
Peignit les Porcherons, les faubourgs et la halle,
Salut, bon DORVIGNI ! que tes mânes en paix
Jouissent d'un repos que tu n'obtins jamais !

L'AUTEUR de Siphilis dans les murs de Véronne (1)
Conquit après sa mort la plus noble couronne.
Que dis-je ? une statue, et l'on y voit encor
Sur le marbre vivant les traits de Fracastor.
Le pieux voyageur au tombeau de Virgile
Va cueillir un laurier qui n'eut rien de fragile, (2)
Qui sous un verd feuillage appelle le zéphir,
Et qui, tous les printemps, se plaît à refleurir
Pour offrir au poëte un abri tutélaire.
Houdon rendit la vie au sublime Voltaire. (3).
Mânes de Dorvigni, que ne puis-je, à mon tour,
Vous rendre l'existence et la clarté du jour !
Mais pour vous honorer en vain je le desire ;
Les Frérons d'aujourd'hui répandant la satyre,
De l'auteur qui n'est plus profanent les lambeaux
Et dardent leur venin jusque sur les tombeaux.

Ah ! qu'il vaudroit bien mieux, renonçant aux injures,
Se battre à coups de verre et non pas de brochures !
Avec toi, Dorvigni, j'ai mille fois trinqué,
Et ton vieux Apollon n'en fut jamais choqué.
Tu m'as chéri long-temps, c'est mon titre à la gloire.

Je n'aime point le vin pour le plaisir de boire,
Et tu me ressemblois : à table réunis,
Nous buvions, nous chantions avec quelques amis
Qui nous accompagnaient dans ces courtes folies,
Qui nous menoient par fois des dames très-polies,
Et, sans nous enivrer, nous rentrions le soir,
Non pas de vin gorgés, mais pleins du doux espoir
De tous nous retrouver au lever des étoiles,
Pour déployer nos cœurs et nous montrer sans voiles.
Il faut user du vin ainsi que des amours,
Ni pas assez ni trop, pour filer de longs jours.
C'est le secret de l'homme enfant de la nature
Et qui vit sans orgueil comme sans imposture :
Tel fut Anacréon, poëte renommé,
Des buveurs de la Grèce à bon droit estimé
Et dont le dieu Bacchus coloroit le visage.
Si trop boire est d'un fou, boire assez est d'un sage ;
C'est le terme moyen : les méchans par malheur
Confondent chaque jour l'ivrogne et le buveur.

Où Piron toutefois puisoit-ils ces saillies
Que le bon Rigoley jadis a recueillies ? (4)
N'est-ce pas dans le vin qu'il buvait largement
Et qui le fit passer pour un homme charmant ?
Tu connus ce grand maître et tu fus son élève :
La bouteille te plut et non jamais le glaive.
Piron et Dorvigni, pacifiques auteurs,
Qui peut vous refuser des lauriers et des pleurs ?

BOILEAU fut très-sévère et personne n'ignore
Qu'il me blâmeroit fort s'il écrivoit encore :
Ce Boileau cependant, l'ennemi de Faret,
Jadis avec Chapelle allait au cabaret.
Mais revenons à toi : ton Zoïle barbare
Te nomme libertin, ivrogne, même avare.
Avare ! je t'ai vu pauvre comme Arlequin,
Secourir noblement la veuve et l'orphelin :
Je t'ai vu sur leur sort verser de douces larmes,
Et de la Vierge en pleurs méconnoître les charmes.

ON a beau t'insulter encor après ta mort,
On a beau t'accabler des armes du plus fort,
Ta vertu fut connue, et la probité sainte
De ton logis modeste environna l'enceinte ;
Hélas ! tu naquis pauvre et pauvre tu vécus ;
La gloire te suivit et non pas les écus.
Et quel est l'homme en France, armé d'un caractère,
Fût-il Rousseau, Buffon, même le grand Voltaire,
Dorvigni, réponds-moi, quel est l'homme indigent
Qui ne soit pas un sot lorsqu'il n'a point d'argent ?
La richesse fait tout : cette épître badine
S'adresse moins à toi qu'aux messieurs où l'on dîne.

LORSQUE ce bon Louis, le quinzième du nom,
Accueilloit Pompadour, Lekain et la Clairon ;
Il aimoit à dîner : au retour de la chasse,
Il croquoit la perdrix, dévoroit la bécasse ;
Mais il toléra tout, et son règne fut tel
Que plus d'un apostat s'y rendit immortel.
Diderot et Voltaire en diroient quelque chose :
Le dévot d'aujourd'hui légérement en glose.
Il n'en faut pas conclure avec sévérité
Que ce roi n'aima point les arts, la vérité.

Ce roi fut libertin , buveur comme tant d'autres ;
Mais la philosophie et tous ses vrais apôtres
Trouvant dans sa belle ame un véritable appui,
Esmenard eut grand tort de mal parler de lui. (5)

Soyons justes pourtant : j'ai connu La Louptière, (6)
Le petit Poinsinet , Garnier et La Morlière ;
Ces auteurs dédaignés par le public d'alors,
Faisant pour arriver d'inutiles efforts,
Et mettant vainement leur muse à la torture,
Labourèrent le champ de la littérature
Sans produit, sans honneur, même sans revenu ;
Chacun d'eux s'en alla comme il était venu ,
Du vieux temps au nouveau, ciel ! quelle différence !

Les Poinsinets du jour sont les dieux de la France :
Un souffleur de théâtre , un commis , un laquais,
A l'Opéra-Comique obtiennent des succès ;
Et de-là descendant jusques au Vaudeville,
Y portent le tribut de leur plume servile ,
Se font louer, prôner par quelques jeunes sots,
Et comme ils sont eux-même inspecteurs des journaux ,
Ordonnent au pacha du Journal de l'Empire
D'applaudir gravement leur burlesque délire ,
Ruinent leur libraire , et le cabriolet
Roulant dans tout Paris leur bel esprit follet ,
Sur ses petits lauriers leur tourbe se repose, (7)
Et comme Pompignan croit être quelque chose :
Elle croit de Voltaire égaler les travaux.

Des faiseurs d'opéras et de chants nuptiaux ,
Pour gagner un peu d'or et point de renommée,
Tourmentent leur esprit qui s'exhale en fumée.
Chez les petits d'hier ou chez les grands du jour
Ils colportent leur haine ainsi que leur amour.

Ils disent : tel auteur n'est qu'un sot en trois lettres ;
Au lieu de petits vers il fait des hexamètres :
Mais ces nobles messieurs, nobles par leurs écus,
Ne vivent pas toujours ainsi que tu vécus.
On a vu quelquefois tituber leur génie.
Tituber ! quelle horreur ! ce mot sans harmonie
Annonce que je suis un auteur suranné,
Et par Urbain Domergue à bon droit condamné. (8)

Vive donc Taconet ! cet auteur fut unique, (9)
Buveur, loyal, honnête et digne acteur comique :
En jouant parfois ivre, il fut nommé divin,
Et disoit : Rien n'est bon si l'on ne boit du vin.
Il pensoit mieux encore étant à l'agonie ;
Son confesseur lui dit : Vous avez du génie,
Vous êtes bon auteur, bon acteur, bon buveur ;
Mais vous êtes malade, et du ciel la faveur
Ne s'accorde qu'à ceux qui, pleins de repentance,
A leurs derniers momens font un peu d'abstinence :
Il faut, pour vous sauver, que vous buviez de l'eau.
— De l'eau ! je la déteste. — Eh bien ! dans le tombeau
Soyez prêt à descendre et dites vos prières. —
Taconet répondit en r'ouvrant les paupières :
Ah ! je vois bien qu'il faut où le destin m'a mis
Se réconcilier avec ses ennemis.

Taconet but de l'eau mêlée à l'émétique,
Ce qui le sauva moins que le Saint Viatique ;
Exemple mémorable et qui prouve d'autant
Qu'on ne boit point de l'eau sans mourir à l'instant.

(10) Mais, Dorvigni, pardonne : on dit qu'il fut ton père,
Ce Louis dont le règne eut un cours si prospère,
Et qui, grace à Fleuri, ministre et cardinal,
Vit du doux molinisme allumer le fanal.

Plébéïen ou marquis , entre nous , peu m'importe ;
J'attache peu de gloire aux titres qu'on colporte,
Et celui d'honnête-homme est à mes yeux sacré :
Tu fus toujours honnête et jamais décoré.
Suger n'eut point d'ayeux , on le respecte , on l'aime.
D'Alembert fut bâtard , il se créa lui-même :
Comme lui tu le fus ; votre esprit noble et fort
Vous a fait triompher des caprices du sort.
Non , on ne te vit point , effronté parasite ,
Aux Crispins en crédit prodiguer ta visite
Pour obtenir l'honneur de bien dîner chez eux.
Au malheur résigné tu fuyois les heureux ,
Et ton ame élevée , en dépit de la gêne ,
Au milieu de Paris promena Diogène.
Ami , le peuple est tout , on ne peut rien sans lui ;
Je l'ai dit autrefois , je le dis aujourd'hui.
La bonne compagnie a pensé le contraire ,
Et je suis de l'avis de Rousseau , de Voltaire.

Leur avis est le tien ; mais les adulateurs
Elèvent jusqu'aux cieux les modernes acteurs ;
Et pour être applaudi par le valet-de-chambre,
Chez monseigneur le duc ils vont faire anti-chambre :
Tu devois imiter ces vieillards de trente ans
Qui , d'esprit dépourvus même dans leur printemps ,
Surprennent les meneurs de nos académies,
Graces aux doux billets de leurs douces amies.
Il falloit voir Eglé , Philis et Duchesnois
Et faire par Dusault célébrer tes exploits. (11)
Il falloit même un peu se montrer à l'église ,
Lieu charmant où jamais un auteur ne se grise ,
Et d'où Châteaubriant , des bigots encensé ,
Ne doit point revenir sans s'être confessé.

Il falloit ; mais que dis-je ? A quoi sert ma semonce ?
Ma demande est perdue ainsi que ta réponse.

Pluton, l'inexorable, entre nous deux a mis
Le rempart qui peut seul séparer les amis ;
Et quel malheur pour nous qu'une immense barrière
Ne me permette point de r'ouvrir ta paupière !
Que tu verrois le monde horriblement changé !
Tout n'est plus maintenant qu'erreur et préjugé.
Voyant ton habit simple et ton simple langage !
On diroit : c'est un rustre échappé du village.
Mais laissons-là tes mœurs et voyons tes écrits.

Momus te distingua parmi ses favoris,
Et tu fus gai toujours dans les œuvres diverses
Qu'exposa le parterre à de rudes traverses.

On se rappelle encore Jocrisse et les succès (12)
Qu'il obtint à deux pas du Théâtre Français.
En ces temps signalés par la fausse décence,
Les dames de la cour auroient fui ta présence.
Sur la scène comique en proie à Marivaux,
Du sublime Corneille on siffloit les travaux ;
Et Dorat et Rochon fournissoient des modèles
De ces vers brillantés qui charment les ruelles.
Molière étoit trop gai pour être du bon ton,
Et l'Opéra-Comique étoit un vrai sermon.
Je dirai plus, ami, j'ai vu le bon Sedaine
Faire pleurer Paris quatre fois la semaine,
Et Clairval-Montauciel attirer au bureau
Et le riche et le pauvre et le poëtereau.
Concentré dans le sein de la Métromanie,
Tu fuyais de la Cour la grande compagnie :
Dans tes cadres divers tu ne la peignis pas ;
Il falloit des crayons plus fins, plus délicats,
Pour saisir en courant, la douteuse nuance
Des travers de la mode et de la circonstance ;

Et tu ne savois point comme un petit collet (13)
Hors de chez toi dîner pour surprendre un secret,
Moins encore, en dormant, rêver des caractères,
Esquisser au réveil des mœurs imaginaires,
Peindre des Céladons que tu n'avois point vus,
De Bièvre dans un cercle exhalant des rebus, (14)
Admirer des Cotins la science profonde
Et prendre tout boudoir pour le centre du monde.

Mais tu le connus bien dans sa simplicité
L'homme de la nature et de la vérité ;
Tu le pris sur le fait, et ta muse folâtre
A su du carrefour le traduire au théâtre.

Jocrisse eut des succès, Janot le surpassa ;
Tu ne le puisas point dans monsieur Conaxa.
Tu ne fus point jésuite, encor moins jansénite :
Les filles d'Audinot te suivoient à la piste : (15)
Tu les recevois bien, leur donnois à dîner.
Ne parlons pas du reste..... On doit le deviner.

Mais voilà que Janot vient avec sa lanterne (16)
Nous distraire un beau jour du comique moderne.
Onc ne fut engoûment pareil à celui-là ;
Paris durant six mois de Janot raffola :
Dérogeant cette fois à la coutume antique,
La cour, atteinte aussi d'un rire épidémique,
Pour régime adopta la naïve gaîté,
Et chez l'heureux Janot vint chercher la santé.
On ne concevoit point qu'un pareil badinage
Pût d'un scribe sans nom être l'ignoble ouvrage ;
Et le Mentor royal, monsieur de Maurepas, (17)
Qu'on en crut l'inventeur, ne s'en défendit pas.

Janot devint célèbre et d'une voix amie
On cria : Que Janot soit de l'académie.

Il n'en fut point, hélas ! et pour toi c'est tant mieux.
Qu'est-il dans l'univers qui soit plus ennuyeux ?
Piron nous l'avoit dit, et tu me le rappelles :
On n'y voit que des saints sifflés dans leurs chapelles.
Janot alla plus loin que ce monde savant
Qui montre son esprit derrière un paravent ;
Car deux fois en un jour l'allaient voir les ministres
Pour se débarbouiller de leurs rêves sinistres.
Le ciseau du sculpteur multiplia ses traits :
Partout dans les salons, aux marchés, sur les quais,
Le peintre ingénieux étala son image
Qui d'aise fait encor tressaillir le jeune âge.
Si qu'en voyant Brunet (*) qui contrefait le sot,
L'enfant dit à sa mère : il ressemble à Janot.

D'AUTRES titres encore honorant ta mémoire
T'ont mis près de Thespis au temple de la Gloire.
Je ne nombrerai point tes drames peu moraux ;
On les trouvoit charmant quand ils étoient nouveaux.
Au siècle où nous vivons aisément tout s'oublie ;
Chez nous tout est caprice, ou mode, ou fantaisie.
Monsieur Châteaubriant un moment a brillé :
Mais tout Paris s'en mocque, et duement étrillé,
Pour avoir à Chénier refusé son suffrage, (18)
De sa Jérusalem il poursuit le voyage.
Monsieur Châteaubriant a pourtant des vertus ;
Il fait des vers en prose aussi bien qu'Ennius. (19)
De la religion il est le digne apôtre,
Mais un fou chasse un fou comme un clou chasse l'autre.
Ce qui charme aujourd'hui demain excédera :
Il nous faut tous les soirs un nouvel opéra.

(*) Brunet est un acteur charmant du théâtre des Variétés,
chaque fois qu'il joue, il fait courir tout Paris, mais qu'il ne
s'avise point de faire des pièces de théâtre; car, après sa mort, les
journalistes le traiteraient aussi mal qu'ils ont traité Dorvigni.

Tu n'es plus jeune, hélas ! puisque l'aveugle Parque
T'a fait fait passer le Styx dans son affreuse barque ;
Et tes vieux spectateurs trouvent bon de rougir
D'avoir eu par Janot quelque peu de plaisir.
Moi, je rougis pour eux de leur ingratitude :
Ce vice est à Paris le péché d'habitude :
Mais il faut, qu'on soit maître ou qu'on soit écolier,
Convenir de sa dette et surtout la payer.

Il est quelques auteurs qu'on vante et qu'on révère,
Qui t'ont fait des emprunts qu'on ne soupçonne guère.
Plus d'un fit sa récolte au champ par toi semé.
De Christophe le Rond, l'Optimiste a germé. (20)
Colin n'en a rien dit, c'est par inadvertance,
Et ce petit larcin ne vaut pas qu'on y pense.

(21) On a beaucoup d'esprit, de mémoire aujourd'hui ;
On retravaille encore aux ouvrages d'autrui :
Ce qui fut autrefois un tort impardonnable
N'est plus qu'un acte simple et n'a rien de blâmable,
Ainsi Monsieur Etienne innocemment vola
L'écrit ressuscité d'un fils de Loyola.
Il a tué son homme, il est absous du crime.
Colin a fait un meurtre encor plus légitime.
Colin est sans reproche, et Christophe en oubli
Avec feu Conaxa demeure enseveli.
Tu n'en iras pas moins chez la race future,
Elève de Piron, enfant de la nature.
Repose, Dorvigni, sur cet espoir sacré.
Qui fait rire son siècle en doit être honoré. (*)
On l'a dit avant moi, mais il faut le redire.
Or, le ministre anglais n'a pas le mot pour rire. (22)

Tu me diras peut-être avec sévérité :
Devançons les arrêts de la postérité.
— Croire vivre après soi n'est qu'une maladie.

(*) Vers de Dorat.

A propos, sais-tu bien que dans l'Académie
J'ai voulu concourir pour les prix décennaux ;
Que sifflé par messieurs les pachas des journaux,
Ils ont fait sur mes vers pleuvoir le ridicule :
Ils ont fait leur métier, je ne suis point Hercule.
Et pourquoi d'Apollon rechercher la faveur ?
On siffle un bel esprit et jamais un buveur :
Jamais il n'est inscrit sur de fatales listes.

Eh bien ! nobles auteurs, sublimes journalistes,
Vous qui datez d'hier votre célébrité,
Salomon l'avoit dit : *Tout n'est que vanité.*
Au Théâtre Français enfantant des merveilles,
Vous croyez surpasser Molière et les Corneilles,
Et le pauvre Janot l'emporta sur vous tous ;
Il eut de vrais talens et ne fut point jaloux.

F I N.

NOTES

DE L'ÉPÎTRE AUX MÂNES DE DORVIGNI.

(1) *L'auteur de Siphilis dans les murs de Véronne.*

Le médecin Fracastor obtint une statue à Véronne pour son poëme didactique de la Syphilis , ou l'art de guérir les maladies vénériennes. Cé poëme est rempli de détails techniques un peu fatigans à lire , mais revêtus des formes les. plus brillantes et les plus pures de l'ancienne poësie latine. C'est le style de Lucrèce fondu avec celui de Virgile.

(2) *Va cueillir un laurier qui n'a rien de fragile.*

Il n'est pas de voyageur qui, arrivé à Naples , n'y cueille ordinairement une branche de laurier sur le tombeau de Virgile. C'est un hommage que tout le monde se plaît à rendre à ce grand homme. Si les Journalistes y alloient ce seroit pour rendre hommage à S. Janvier , et pour manger du macaroni.

(3) *Houdon rendit la vie au sublime Voltaire.*

La statue qui représente Voltaire en habit de sénateur romain , assis dans un fauteuil antique , est le chef-d'œuvre de M. Houdon , et peut-être celui de la sculpture moderne.

(4) *Que le bon Rigoley jadis a recueillies.*

Rigoley de Juvigni , conseiller au parlement de Metz , a recueilli en 9 vol. tous les ouvrages de Piron. Les puristes de l'Académie Française ont prétendu qu'il y avoit beaucoup de mauvaises pièces dans cette collection et qu'il auroit fallu la réduire à un seul volume.Moi, qui ne suis point de l'Académie Française , j'y trouve tout agréable. Piron était gai , chansonnier et buveur : comment auroit-il pu faire du mauvais ?

(5) *Esmenard eut grand tort de mal parler de lui.*

Tout le monde a été révolté de la manière dont feu Esmenard a parlé de Louis XV dans son discours de réception à l'Académie Française. Louis XV aimoit le vin et les femmes ; mais son règne a été l'un des plus pacifiques et par conséquent des plus heureux de la monarchie française.

(6) *Soyons justes pourtant, j'ai connu la Louptière.*

Il existe deux volumes de petites poësies de M. le comte ou le marquis de la Louptière, finissant presque toutes par un jeu de mots ou une pointe. Autrefois on appeloit cela des vers de qualité, parce que l'auteur était un homme de qualité. Je suis bien surpris que ce comte ou marquis de la Louptière n'ait pas été de l'Académie Française. Le petit Poinsinet, si célèbre par les mistifications qu'il a essuyées, et le chevalier de la Morlière, par les petits désagrémens que son ombre inpalpable ne ressent plus, méritoient d'en être incontestablement. Quant à feu M. Garnier, il le méritoit aussi ; car nous citons de mémoire, et nous croyons nous rappeler, qu'il a fait insérer dans le temps un logogriphe admirable dans le Mercure de France.

(7) *Sur ses petits lauriers leur tourbe se repose.*

J'ai connu dans ma jeunesse un M. Anseaume, souffleur du Théâtre Italien, homme très-honnête sans doute, mais auquel on attribuoit beaucoup d'opéras comiques qu'il n'avoit point composés. Si la Borde, fermier-général, vivoit encore, il pourroit en dire des nouvelles.

(8) *Et par Urbain Domergue à bon droit condamné.*

Urbain Domergue fut un bon grammairien, fut un très-honnête homme, fut de l'Académie Française ; mais il ne fut que cela. Lourd et pesant dans ses écrits, il excita la clameur universelle par sa pédanterie, et s'attira du poëte Lebrun le quatrain suivant, qui ne sera jamais oublié

> Ce pauvre Urbain que l'on taxe
> D'un pédantisme assommant,
> Joint l'esprit du rudiment
> Aux grâces de la syntaxe.

(9) *Vive donc Taconet ! cet auteur fut unique.*

Taconet fut surnommé le Molière du boulevard : il étoit acteur et auteur, et a composé pour le théâtre de Nicolet cinquante ou soixante farces ou parades qui eurent dans leur temps le plus joli succès. Les rôles qu'il jouoit avec le plus d'originalité étoient ceux de Savetier et d'Ivrogne ; et il étoit toujours ivre lorsqu'il jouoit les rôles de Savetier : il savoit d'un seul mot en peindre le caractère et la pensée. Vouloit-il exprimer tout le dédain que quelqu'un lui inspiroit, il disoit : *Je te méprise comme un verre d'eau* ; c'étoit son jurement favori, comme celui de *Ventre Saint-Gris* étoit celui d'Henri IV. L'épisode que les derniers momens de sa vie m'ont fournie, est de la plus exacte vérité. Il ne mourut que pour avoir bu de l'eau à son agonie.

(10) *Mais Dorvigni, pardonne : on dit qu'il fut ton père.*

Il y avoit autrefois au Parc-aux-Cerfs, à Versailles, une quantité de jeunes et jolies demoiselles que le bon roi Louis XV alloit visiter en bonne fortune, mais en tout bien, tout honneur ; car il dotoit toutes celles auxquelles il faisoit des enfans. On prétend que le bon Dorvigni naquit d'une de ces demoiselles. On conçoit qu'une pareille particularité est une de ces anecdotes qu'on avance d'après des traditions orales ou verbales, et dont il seroit très-difficile d'administrer la preuve. Je l'ai vu cependant donner pour un fait incontestable dans quelques recueils et mémoires imprimés, et entr'autres les mémoires secrets de Bachaumont, en trente - deux volumes *in-*8°. Ce qu'il y a de certain, c'est que Dorvigni avoit quelques traits de la belle physionomie de Louis XV, et qu'il ressembloit, comme deux gouttes d'eau, à un écu de six livres au millésime de mil sept cent vingt-six à mil sept cent cinquante ; c'est-à-dire frappé à une époque où le monarque jouissoit encore de toutes ses facultés morales et physiques. Dunois, Suger et d'Alembert, furent trois hommes illustres, l'un comme homme-de-lettres, l'autre comme homme-d'état, et le troisième comme homme-de-guerre, et tous les trois furent bâtards. Je pourrois en citer un millier d'autres ; et si Dorvigni fut bâtard aussi, comme tout l'annonce, pourquoi ne seroit-il pas un des plus remarquables de cette dynastie immortelle ?

(11) *Et faire par Dusault célébrer tes exploits.*

Ce M. Dusault, qu'il ne faut pas confondre avec le respectable Dusaulx, traducteur de Juvénal, signe par une lettre de l'alphabet, qui n'est point la lettre initiale de son nom, des articles très-malévoles et très-calomnieux dans le Journal de l'Empire. Tout le monde se mocque de ses articles, mais tout le monde admire ses exploits. Voyez l'histoire de son duel avec Chénier, dans *Follicullus*, charmant petit poëme de Luce de Lancival.

(12) *On se rappelle encor Jocrisse et les succès.*

Il en est de la famille des *Jocrisses* comme de celle des *Pointus*. Dorvigni a travaillé aux uns et aux autres, et on lui en a su peu de gré, parce que ses pièces n'avoient pas été jouées au Théâtre Français. Mais la peinture du peuple, que ce soit aux boulevards ou dans le château de Versailles, n'a-t-elle pas son mérite ? La Courtille est plus suivie que l'Œil-de-Bœuf. On ne voyoit à l'Œil-de-Bœuf que des camayeux. La Courtille présente des tableaux de toutes couleurs et de toute espèce. Rubens a du génie sans doute, mais les Calot et les Ténières n'ont-ils pas le leur, et ne sont-ils pas immortels autant que lui ?

(15) *Et tu ne savois pas comme un petit collet.....*

On assure qu'avant la révolution la plupart des abbés ne s'introduisoient dans les maisons que pour surprendre les secrets des familles. Aujourd'hui la plupart travaillent à des journaux et ne font pas un métier plus honnête.

(14) *De Bièvre dans un cercle exhalant des rebus. ...*

Le marquis de Bièvre, écuyer de *Monsieur*, frère du roi Louis XVI, avoit de l'esprit et de la fortune ; il mangea celle-ci avec des femmes de théâtre, et gâta l'autre par de mauvais calembourgs dont il infectoit la société. La comédie du *Séducteur*, où il n'y a point de calembourgs , en est la preuve. Cependant il faut tout dire : cette comédie doit son succès aux corrections qu'y fit Dorat et au jeu brillant de Molé.

(15) *Les filles d'Audinot te suivant à la piste......*

Le théâtre d'Audinot , long-temps directeur de l'Ambigu-Comique , a été une espèce de sérail , où l'on alloit jeter le mouchoir à la plus jolie. Le sultan Audinot le jeta si souvent qu'il en mourut , dit-on. Dorvigni le jeta aussi bien des fois ; mais il fut plus heureux qu'Audinot , et surtout que le roi Louis XV , son père putatif

(16) *Et voilà que Janot vient avec sa lanterne.*

Jamais pièce de théâtre n'a eu plus de succès que celle-là chez aucune nation du monde , si ce n'est l'opéra du *Gueux* , qui excita à Londres à-peu-près la même fureur. La comédie de *Janot* , ou *les Battus payent l'amende* eut non-seulement cinq cents représentations de suite , mais encore on fut obligé de la représenter deux fois par jour , comme déjà nous l'avons dit ; et quelques auteurs , morts-nés , s'imaginent avoir réussi , lorsqu'ils ont obtenu dix ou douze représentations par année au Théâtre-Français ou à l'Odéon. Quelle pauvreté que l'orgueil dramatique de certains hommes ! Quand on réfléchit sur les causes du prodigieux succès de *Janot* ou des *Battus payent l'amende* , on en trouve deux bien marquées et qui n'ont point échappé à la sagacité des observateurs de ce temps-là : la première , c'est que Janot fait une critique très-naïve de l'idiôme du peuple de Paris , qui n'est point du tout le langage français ; et la seconde , c'est que , sous un air niais , il se moque avec beaucoup de finesse des commissaires de police de ce temps-là.

(17) *Et le Mentor royal , monsieur de Maurepas.*

Comme il existoit alors un préjugé ridicule , qui ne permettoit pas aux gens de qualité de cultiver les lettres , et comme quelques-uns mettoient des noms empruntés à la tête de leurs ouvrages , les flatteurs de M. de Maurepas lui firent croire un jour , à la faveur de cet *incognito,* qu'il étoit l'auteur *des Battus payent l'amende* ; et M. de Maurepas , quand on lui en parloit , ne disoit ni oui , ni non. Quelques autres grands seigneurs voulurent lui en disputer la gloire ; et alors il cita *les Etrennes de la Saint-Jean*, qu'il avoit composés sous l'anonyme, avec le comte de Caylus, ouvrage fort gai et dans le genre *des Battus payent l'amende*.

(18) *Pour avoir à Chénier refusé son suffrage.*

M. de Châteaubriant a fait comme la Bruyère qui, dans son discours de réception à l'Académie Française, loua pompeusement tous ceux qui lui avoient donné leur voix. M. de Châteaubriant n'a point manqué de louer tous les membres illustres qni lui ont accordé leur suffrage ; mais s'il est poli d'encenser les vivans, il n'est point du tout généreux de calomnier les morts ; car les vivans peuvent remercier et les morts ne peuvent pas se défendre. Or, le discours de réception de M. de Châteaubriant n'est autre chose que la satyre de Chénier, auquel il avoit succédé dans l'Académie Française. Chénier cependant étoit un des bons littérateurs de ce siècle, et peut-être le meilleur de tous. Ses opinions politiques même n'étoient point diamétralement opposées à celles de M. Châteaubriant, si l'on veut se rappeler l'ouvrage que ce même M. de Châteaubriant a publié à Londres en faveur de la révolution française. M. de Châteaubriant me rappelle cet homme de l'Evangile qui voyoit un fétu dans l'œil de son voisin et qui dans le sien ne voyoit pas une poutre.

(19) *Il fait des vers en prose aussi bien qu'Ennius. . . . .*

La prose de M. de Châteaubriant est aussi empoulée que l'étoient les vers d'Ennius. Cependant il faut être juste, on trouve quelques perles dans les fumiers de l'un et de l'autre.

(20) *De Christophe le Rond, l'Optimiste a germé.*

Christophe le Rond est une comédie en un acte et en prose de Dorvigni. Colin – Harleville l'a développée en cinq actes, en vers ; et le style un peu maniéré de celui-ci a triomphé du naturel de l'autre. Brueis avoit d'abord fait *le Grondeur* en un acte ; son ami Palaprat le mit en cinq. Brueis, irrité, dit que son ami Palaprat

avoit fait un tournebroche d'une pendule , et prenant
un juste milieu , il refit *le Grondeur* en trois actes , et tel
qu'on le joue actuellement au Théâtre Français. Si la
pièce de Colin – Harleville n'étoit pas semée de jolis
vers , ne pourroit–on pas dire aussi qu'il a fait un tournebroche d'une pendule ? On trouve dans les deux pièces
les mêmes incidens et le même mouvement , en. terme
d'horlogerie.

(21) *On a beaucoup d'esprit , de mémoire aujourd'hui....*

Je viens de citer un plagiat bien reconnu de Colin-
Harleville , et je ne finirois pas s'il falloit citer ici tous
ceux qu'a faits à différens auteurs peu connus , son ami
M. Picard de l'Académie Française. On croit peut-
être que M. Picard est l'auteur de *M. Musard* , comédie
qui a été représentée avec tant de succès sur ce qu'on
appelle nos grands théâtres. On se trompe : cette comédie est tirée presque mot à mot de *M. Lambin* , comédie de M. Rousseau , qui n'est point Rousseau de
Genève , qui n'est point Rousseau de Toulouse , ni
Rousseau de Paris , ni Rousseau de la Parisière , mais
qui est un homme aussi honnête que modeste. J'ai com-
paré les deux pièces ensemble , et j'avoue que j'y ai
trouvé non–seulement les mêmes expressions , mais encore la même coupe des scènes et les mêmes caractères.

Je pourrois dire plus au sujet des plagiats de M. Picard de l'Académie Française. Je me contenterai d'un
seul fait qui pourra n'être pas agréable à ses oreilles ,
mais qui soulève mon cœur d'indignation et presque
de colère. M. Picard se dit auteur *des Marionnettes* ,
pièce qui a fait , dit–on , courir tout Paris , et qui a valu
à l'auteur six mille francs de gratification. Cette pièce, tant
vantée , n'est autre chose qu'une mauvaise copie du
Jeune Philosophe ou *les Bizarreries de la Fortune* , comédie
en cinq actes , de M. Loaisel-Tréogate , auteur du *Château du Diable* , drame en quatre actes et en prose , qui a
eu cinq ou six cents représentations en deux années ,
soit sur les théâtres de Paris , soit sur les théâtres
des départemens ; succès équivalant à celui de *Janot* ou
des *Battus payent l'amende*. Malgré cette grande renommée éclose du *Château du Diable* , M. Picard de l'Académie Française n'a pas craint de dérober le *Jeune*

Philosophe à M. Loaisel-Tréogate et de le transporter sur la scène sous d'autres noms. M. Loaisel-Tréogate n'étant pas de l'Académie Française, étoit simple, modeste et timide : il n'osa point réclamer contre cette spoliation manifeste ; il se contenta de s'en plaindre à ses amis qui gémirent avec lui de cette injustice criante ; mais il fut si affecté des mauvais procédés de M. Picard de l'Académie Française , qu'il en mourut de chagrin.

Les Journalistes répandent quelquefois des fleurs sur la tombe de leurs amis Journalistes , ils n'ont pas dit un mot de feu Loaisel – Tréogate ; ce qui a dû faire beaucoup de plaisir à M. Picard de l'Académie Française.

(22) *Or, le Ministre Anglais n'a pas le mot pour rire.*

Le Ministre Anglais est une pièce à grande prétention qu'on a essayée , il y a quelques mois, à la Comédie Française : elle n'a pas eu les rieurs pour elle. Il est vrai que M. Ribouté , son auteur, n'avoit pas le dessein d'égayer ses spectateurs ; il ne vouloit que leur arracher des larmes. En définitif , il ne les a fait rire ni pleurer , quoiqu'il prétende être parvenu à ce dernier résultat dans une préface extrêmement chagrine. Quoi qu'il en soit , *le Ministre Anglais* , malgré ses défauts , vaut encore mieux que *l'Assemblée de Famille*. Il y a dans *le Ministre Anglais* quelques idées neuves , et *l'Assemblée de Famille* ressemble à tout. Cependant *l'Assemblée de Famille* a réussi , et *le Ministre Anglais* est tombé. C'est principalement pour les pièces de théâtre qu'on a dit : *Habent sua fata libelli*.

www.ingramcontent.com/pod-product-compliance
Ingram Content Group UK Ltd.
Pitfield, Milton Keynes, MK11 3LW, UK
UKHW021047120726
13693UKWH00006B/2480